CUENTO
DE LUZ

A Laia: vive tus sueños.
- Susanna Isern -

A mis padres, que siempre me ayudaron a cumplir mis sueños; entre ellos, volar.
- Silvia Álvarez -

Oso quiere volar

© 2016 del texto: Susanna Isern
© 2016 de las ilustraciones: Silvia Álvarez
© 2016 Cuento de Luz SL
Calle Claveles, 10 | Urb. Monteclaro | Pozuelo de Alarcón | 28223 | Madrid | Spain
www.cuentodeluz.com

ISBN: 978-84-16147-44-1

Impreso en China por Shanghai Chenxi Printing Co. Ltd., enero de 2016, tirada número 1546-5

FSC
www.fsc.org
MIXTO
Papel procedente de
fuentes responsables
FSC® C007923

OSO QUIERE
VOLAR

Susanna Isern * **Silvia Álvarez**

Reina la noche en el bosque dormido. Oso está junto al lago, lo envuelve un aire triste. Lechuza Blanca despliega sus alas de nieve y se deja caer silenciosa hasta posarse a su lado.

—¿Qué te ocurre, Oso?

—Me gustaría pedirte ayuda, Lechuza. Quizás te parezca una locura, pero… mi sueño es volar.

"**O**so sueña con volar".

Aquella extraña noticia causa un gran alboroto entre todos los animales, que deciden reunirse cuanto antes.

—¡Eso es imposible! —se queja Rana.

—No estoy de acuerdo. Juntos somos capaces de conseguir cualquier cosa —asegura Hormiga.

—¡No perdemos nada por intentarlo! —exclama Lobo.

—¡Decidido! ¡Ayudaremos a Oso para que cumpla el sueño de volar! —concluyen los animales finalmente.

Águila Real, el ave más grande del lugar, explica a todos que el secreto de volar está en su cuerpo ligero y en sus alas plumadas. La técnica también es importante, pues es necesario conocer la postura y el movimiento adecuados. Pero sobre todo es fundamental confiar en uno mismo.

Los animales se organizan y se ponen a manos a la obra.

Cuando despunta el alba, Mapache despierta a Oso.

—¡Arriba, dormilón! Hemos decidido ayudarte a volar, pero tendrás que esforzarte. Tendrás que ponerte en forma, así que deberás tomar menos miel por un tiempo. Las hojas, la fruta y el pescado serán tus aliados.

Mientras tanto, los animales han comenzado a buscar plumas de todas las formas y colores, que van almacenando en el tronco hueco de un gran árbol.

Al otro lado de la colina, Oso y Mapache llegan a la playa. Allí los espera un simpático pingüino.

—¡Hoy aprenderás a nadar como un pingüino! Aunque somos aves, los de mi especie no podemos volar por el cielo. Nosotros utilizamos nuestras alas desplumadas para volar por el mar.

—¿Volar por el mar? —se extraña Oso.

—¡Ven al agua! ¡Confía en mí!

Día tras día, los animales del bosque van acumulando cientos, miles de plumas.

El pájaro carpintero y las termitas cortan la madera para fabricar una estructura ligera. Los pinzones y las arañas, que son grandes tejedores, atan los extremos de los palos entre sí anudando resistentes hierbas.

Otros comienzan a pegar, con resina y miel, las plumas en la madera. Una a una, de sol a sol, de luna a luna.

Una tarde en que Rana está tratando de ayudar a Oso
para que pierda el miedo a las alturas, desde lo alto del
puente ven algo inquietante: ¡una hormiga se ha caído
al agua y flota sobre una frágil hoja!

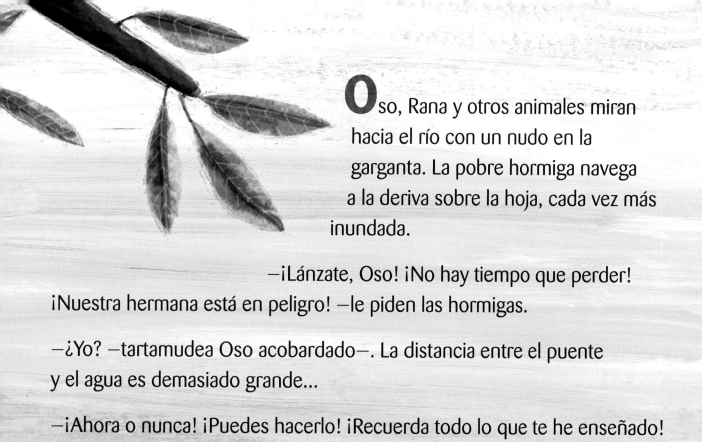

Oso, Rana y otros animales miran
hacia el río con un nudo en la
garganta. La pobre hormiga navega
a la deriva sobre la hoja, cada vez más
inundada.

—¡Lánzate, Oso! ¡No hay tiempo que perder!
¡Nuestra hermana está en peligro! —le piden las hormigas.

—¿Yo? —tartamudea Oso acobardado—. La distancia entre el puente
y el agua es demasiado grande...

—¡Ahora o nunca! ¡Puedes hacerlo! ¡Recuerda todo lo que te he enseñado!
—lo anima Rana.

Oso cierra los ojos y respira muy hondo. Armándose de valor y con el corazón a punto de salírsele del pecho, se lanza al río. Una vez en el agua se sumerge y, al sacar la cabeza, salva a la hormiga.

Una vez en tierra las mariposas baten sus alas junto a la hormiga para secarla. Después, la ardilla la carga cuidadosamente sobre su espalda y la lleva a un lugar seguro.

Todos los animales se abalanzan sobre Oso como si fuese un héroe. No solo ha rescatado a la hormiga: también ha perdido el miedo a las alturas y a saltar.

Llega la primavera y, con ella, la recompensa a tanto esfuerzo.

Oso está visiblemente más ligero. Ha practicado tanto que ha aprendido a volar por el mar como un auténtico pingüino y, por si fuera poco, ya es capaz de lanzarse al río haciendo piruetas en el aire.

Los animales también han alcanzado su objetivo: construir unas alas para Oso.

Una mañana, cuando por fin pegan la última pluma, los animales corren a buscar a Oso. Las alas plumadas son tan grandes que casi parecen avanzar solas, como por arte de magia, entre los árboles del bosque.

Oso las divisa a lo lejos y se frota los ojos varias veces para comprobar que no son producto de su fantasía. Al tenerlas delante, una gran emoción invade su peludo cuerpo.

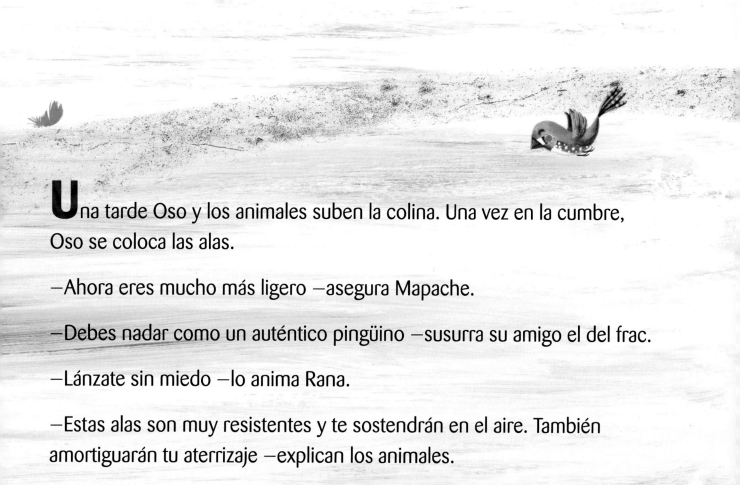

Una tarde Oso y los animales suben la colina. Una vez en la cumbre, Oso se coloca las alas.

—Ahora eres mucho más ligero —asegura Mapache.

—Debes nadar como un auténtico pingüino —susurra su amigo el del frac.

—Lánzate sin miedo —lo anima Rana.

—Estas alas son muy resistentes y te sostendrán en el aire. También amortiguarán tu aterrizaje —explican los animales.

Oso llena el pecho de aire, cierra los ojos, despliega sus alas y salta.

Águila, Lechuza y otras aves acompañan a Oso volando a su lado.

Oso agita sus alas, pero pierde altura. Águila se sitúa debajo de él y le marca el ritmo hasta que Oso logra mantenerse. Aunque algunas veces desciende de nuevo y parece caer, consigue remontar el vuelo. Poco a poco las aves lo van dejando solo.

En la colina, todos los animales lo observan con emoción y satisfacción. Cuando suman sus fuerzas pueden mover montañas, nada es imposible.

Aquel atardecer inolvidable, Oso consigue volar como un pájaro. Desde arriba todas las cosas parecen más pequeñas: los sueños inalcanzables, los retos imposibles e incluso los problemas.

Sale la luna sonriente y callada, los animales de la colina se inflan de orgullo. Las nubes acarician el pelo bruno de Oso y el viento le arranca lágrimas… de felicidad.